JN237123

上機嫌の種——はじめに

私の生家は、大阪の町の写真館で、祖父母、父と母、そして私と弟と妹、ほかに叔父、叔母や店で働く書生たちも一緒に暮らしていた。一日の終りは、これら大勢の人たちが食卓を囲み、それはもう、わっさこらさの騒ぎである。

時を経て、私は、神サマの意志で、中年に入りかかった開業医、夫《おっちゃん》と結婚した。おっちゃんの家には、四人の子供がいて、おばあちゃん、おじいちゃん、おっちゃんの弟妹、看護婦さんも居た。私は、子供の時以来、再び大人数の家に入ることになった。あんなややこしい家に入って、とんでもないと、周囲の人は思ったようだが、でも私は〈おもろいやん〉、〈これでまた小説が書ける〉と、そう思った。

結局、思い出すのは、ご飯のときにみんなが集まること。毎晩まいばん、ご飯はおいしかった。

子供たちのうち、誰かひとりがお父ちゃんとケンカして、むくれていても、ひとたび食卓に集まると、みんなの笑い顔が肌身にしみて、そのうちニカニカ顔になる。大人数はややこしいこともあるけれど、やさしみも溢れていた。

やがて、おっちゃんが〈退場〉したが、これはまあ、トシに不足はなし、しかるべき命終《みようじゆう》というものであろう。おっちゃんはニカニカと満足そうであった。ひととおりの仏事を終えた時、子供らが、

〈聖子おばちゃん、ありがとう。お父ちゃんも喜んで往《い》きました〉

という。本当は、これに泣けたのだが、ここは泣いたらイカンと、

〈一人前のクチきくやないか〉

と私。そしたら子供たち、

〈三日かかって覚えました〉

だって。それで大笑い。そんなふうに「ああ、面白かった」って、笑えることがいちばん。……

世の中は、どんなことが起こるかわからない。それでも、「世の中って面白い」と思い生きるのと、「世の中って苦しい」と思い生きるのでは、歳月《としつき》のたちかたはぜんぜん違うのではないだろうか。何が起こるかわからないから、〈先を楽しみに生きる〉。上機嫌っていうのは、自分で自分をつくること

なんだ、結局は……。——人生、いつも上機嫌であらまほしい。

私には、夫婦も家族も、会社に集まる人たちも、ほんのほんのわずかな縁を神サマが繋ぎ合わせて、めぐり合えた人たちなのだと思われてならない。

だから、あなたのやさしみを、まずはあなたの近しい人に。笑いの種を、上機嫌の種をふりまいて……。

この本が、そんな「上機嫌」のお役にたてば嬉しい。

装丁　木庭貴信
松川祐子
（オクターヴ）

目次

人生、いつも、はずみごころ

ことばをうれしたのしむ

仕事はそつなく、愛想よく

女の美徳

よき歳月にめぐりあう

甘やかな恋ごころ

ハイ・ミス商売を強くたくましく

人間的魅力

つらいときのクスリ

「このぬけ道、ぬけられます」の看板

夫婦の呼吸

子どもをしつけるということ

幸福の秘訣　人生のコツ

トシをとるたのしみ

上機嫌の才能

人生、いつも、はずみごころ

生きるのが楽しくなってきませんか？

人間の力って、自分で思っているより、もっと強いのかもしれません。だれでも自分で気づかない力を、どこかに隠し持っているんです。最後に思わぬことが起こってすべてがうまくいき、みんなに褒めてもらえることがある。「私はそんなことあれへんワ」という人も、まだ自分の力にめぐりあってないだけかもしれへん。ほら、そう思うと、生きるのが楽しくなってきませんか？

『一生、女の子』

大きくて楽しくて美しくて

高価な、小さい宝石より、大きくて楽しくて美しくて、色とりどりの、安いアクセサリーをいっぱい、揃え、蒐《あつ》めるのが好き。

『愛してよろしいですか？』

むつかしいことは

「あんまりむつかしいことは考えんほうがええデ」

『苺をつぶしながら』

生きて、愛して、人生を楽しむ

どんな人だって、愛するものや愛されるものを一人も持たなければ、心は死んでしまう。
生きて、愛して、人生を楽しむこと、それがまず根本にあって、それを守るため政治も経済も法律もあるのである。お金も若さも美しさも、音楽も本も、そのためなのだ。今はもうみんな、ひっくり返ってしまった。本末転倒になっている。私としては、声を嗄《か》らしてメガホンで屋根の上から叫んでも、誰も聞いてくれないのだから仕方ない。もう、かくなる上は一々面倒を見ちゃいられない。私個人だけでも、そう生きるのだ。

『愛を謳う』

愛や、やさしみを第一に

まいにちの生活を大事にし、好きな人にかこまれ、チョコレートを楽しんだり、バラやレースの服を愛したりして、人生を終わるつもりだ。やさしい心くばりや、ものごとをなるべくユーモラスにとって、人をよく思おうとすること、愛や、やさしみを第一に考えない人生なんて、私には考えられない。

『愛を謳う』

人生でいちばんたいせつにすること

やさしい思いやりや、愛や、恋を人生でいちばんたいせつにすることによって、残酷や無責任や傲慢、狡猾《こうかつ》を、告発することになれば、いちばんよい。

私はそれは、その人の事業や作品だけで成立するものでなく、その人の人生もふくめての、大きな作品であらねばならぬと思っている。

『愛を謳う』

世の中で面白くないのは

およそ世の中で面白くないのは正論派である。だから私は面白くない正論派の言い分をしりぞけて、面白い、出たとこ勝負派の、ちゃらんぽらん派の主張にしたがい、面白そうな占いへ出かけた。

『なにわの夕なぎ』

この世の平和

おたがい、相手をほめまくっていれば、この世は平和になるんじゃない？

『夢の櫂こぎ　どんぶらこ』

あれこれ考える気の弾み

その遊びごころがいいわね。キャンディーの包み紙を、あ、キレイ！と
ワクワクする気持。それを捨てかねて集めて、はて何に使おうかしらんって、
あれこれ考える気の弾み、それがすてきなんです。

『夢の櫂こぎ　どんぶらこ』

心ときめきするもの

全く、画をはじめて額に入れて見るとき、それからヨソで買った画を、わが家へ持ち帰って見るときほど、心ときめきするものはない。

『私的生活』

散らかってる方が

あんまりキチンと片づいてると淋しいな。散らかってる方が暖かくてたのしくてええよ。

『愛してよろしいですか?』

ことばをうれしたのしむ

人生を太く大きく

物語は言葉でできていますが、この言葉というものは、本当に面白い。たくさんの言葉に出合って、響きのいい言葉、すてきな言葉を、きれいな貝殻のように掌の中に温めておくことは、その人の人生や考え方を柔軟にしてくれます。人生を太く大きく、そして、いい匂いがするほうへ導いてくれるのです。

『一生、女の子』

新聞は楽しいねえ

「朝ごとの新聞読めば腹立ちて　処置なきままに酒を飲むかな」

というのは昔、神戸のさる実業家がものされたお歌であるが、私は朝酒はたしなまないから、その代わり、「朝ごとの新聞」を広げて、思わず洩《も》らすひとりごと、〈うっそー〉〈なァにィ？　これって……〉〈よういわんわ、あほらし〉〈それは違《ちゃ》うん、違《ちゃ》う？……〉

時にはあられもないバリザンボウ。私は大阪っ子だから、罵《ば》詈《り》も由緒ただしき大阪弁となる。

〈あほんだら、目ェ噛《か》んで鼻噛《か》んで死んでしまえっ！〉

――いや新聞は楽しいねえ。こんなこといわせてもらえるから。


『なにわの夕なぎ』

辞書を引きゃいいっ

ウチへは毎晩、いろんな人が飲みにくる。小ぶりの梁山泊《りょうざんぱく》だ。

（と書くと、今どきの若い編集者は、梁山泊の説明を入れて下さい、とこう、くる。私も忙しいいんだよ、読者が辞書を引きゃいいっ）

『なにわの夕なぎ』

よくできた歌というのは

「生きて世にまた見んことの難からば
　悲しからまし　暮れゆくローマ」

これは私の歌ではなく、与謝野晶子の歌で、しかもちょっと改作している。
晶子は
「暮れゆく巴里《ぱりい》」と歌った。よくできた歌というのは、ひとところ、ふたところ
改作して、自分の都合のいいようにあてはめ、うっとりしたらいいのだ。

『愛してよろしいですか？』

小説には人生のヒントがいっぱい

取っつきにくい人と出会って困った時、どうやってその人の気持ちをほぐすのか、いい人みたいやから仲良くなりたいと思った時、何が話の糸口になるのか。小説には人生のヒントがいっぱい詰まってるの。人にはいろんなタイプがありますから、人間に対する理解力が深まれば、生きることはもっと豊かに楽しくなるでしょ。

『一生、女の子』

バチッとしゃべったらええねん

本当におもしろいのは、その人のハートから出たコトバ。本当の文化はそういうもんだよ。ひとことで相手の心を打つようなもの。下らん学説をたくさんつめこんで並べたてるより、自分だけの意見を持って、それを、バチッとしゃべったらええねん。女の人ってのは、バチッとほんとのことをしゃべる、というのは下手やね。自分だけのもん持ってないのかな。

『愛してよろしいですか？』

タラは北海道！

いつも私は、「たら」を禁句にしていたのだった。「……だったら」「……たらよかったのに」と思うたび、わが心に、

（タラは北海道！）

と叫んで未練たらしい「タラ」を禁じ、うしろをふりむかず、「前進あるのみ」と思ってきた。

『愛してよろしいですか？』

「また今度」いうてたら、ええのんじゃ

借金でも義理でも、何ぼでも忘れたらええねん、今日び。すべて「また今度」いうてたら、ええのんじゃ。

『苺をつぶしながら』

たよりにしてる

たよりにしてる、というのは私のコトバのヒキダシでは、「愛」に分類されてる。（オバハンたよりにしてまっせ……）というのは、私のヒキダシでは（愛してます）の中にファイルされるのである。

『苺をつぶしながら』

ま、こんなトコやな

〈ま、こんなトコやな〉は大阪人の愛好する〝じめくくり〟あるいは終結宣言で、キリのないことを切りあげるときになかなか便利なコトバである。そこにあきらめとか後悔とか腹立ちはなく、あっけらかんと風通しのいい客観的認識だけがある。

『夢の櫂こぎ　どんぶらこ』

永遠に文学はある。あなたのそばに。

自分の内なるものを表現することが、人間の最も大きな望みなんです。なんで表現したいかというと、それは他の人と分かり合いたいから。「私こう思うけど、あなたはどうやの？」「そやな、ワシはちょっと違《ちゃ》う」っていう風に。人間は常に人間を愛し、何より人間の心を愛しています。だれかとつながりたいという思いは、ずっと消えることがないでしょう。だから、永遠に文学はある。あなたのそばに。

『一生、女の子』

仕事はそつなく、愛想よく

自分の名前を自信を持って言える

せっかくお勤めしている間ぐらいは、自分の名前を自信を持って言えるような、そういう生活をして欲しいと思いますね。
自分の名前に誇りと気概を持っていない人に、挫折から逃げるなと、いくら言ってもだめですねえ。やっぱり、甘えがあるのかなあ。

『ほのかに白粉の匂い』

名前をいう、ということは

自分の名前をいえる、というのは、自信がないといえない。ところが、男の子でも女の子でも、自分の名前を平気でいい、そのくせ、することはいいかげん。名前をいう、ということは、それに自分の名誉を賭けることとなのに、そこまで考えていない。要するに若いもんて、（ウカウカ、生きてる……）というのが、私の感懐である。自分の名誉も名前の誇りも、なんにもないみたい。

『愛してよろしいですか？』

人は叱られて、よりやさしくなる

叱られる、怒られる、咎《とが》められる、責められることによって、人は、自分と違う価値観、人生観に出会い、ビックリする。そのことで荒波に揉まれて、想像力が養われ、よりやさしくなる。

私は想像力というのが教養だと思うのだが、やさしい心にとりまかれ、よい環境の中で養われる想像力もあるけれど、まず、フツウの女の子は、抵抗力をかねそなえたやさしさを持ってほしいのである。

私も働いている間、何べん叱られたかわからない。そんなコワイ思いをしないですむなら、それにこしたことはないけれど、私などは世間知らずののんびりした、そのくせ思い上った娘であったから、人生で時折り、ビシッと叱られたのがこたえ、人間の香辛料になった。

『ほのかに白粉の匂い』

一人前の社会人

男社会には古来「武士のなさけ」「武士のたしなみ」という文化がある。女の子が男なみに仕事がデキルのは歓迎すべき時代の進展であるが、デキルだけではなくて、「武士のなさけ」という、男性文化の遺産も現代的教養としてリニューアルし、身につけなくては一人前の社会人といえない。(今日びは男でもそれを取り落としている人も多いが)

『愛を謳う』

甘いだけの先輩ではいけない

社会人となって年を経ると、若者や後進に、叱責、注意、あるいは形をあらためて、その非を咎《とが》めだてしなければいけない時がある。甘いだけの先輩ではいけない。後輩の非をたしなめるのも先輩のつとめ、相手の身を思えばこそ、真剣に怒るという時もあるだろう。——しかし、人生はまた、〈怒り別れ〉になってもいけない。叱られてしょげてる奴、ムッと反抗的になる子、も、いるだろう。そこをとりなして、大阪人はこういう、〈ま、こんなトコやな〉

説教や叱責が、このひとことで、やたら、客観性を帯び、明るくなってしまう。（大阪弁は便利だ。しかし大阪でなくとも、その地その地で、こんな口吻《こうふん》の方言はあるはず）

『ひよこのひとりごと』

ほんのちょっとのひとことで

人間は、ほんのちょっとのひとことで、まわりを納得させ、宥和《ゆうわ》させ、空気をかえてしまう能力をもっているのに、なあ。

『ひよこのひとりごと』

「ちょっと置いといて」

「ちょっと置いといて」っていうのは必要で、それが出来るのが大人だと思いますよ。子供はそれができないから、いつまでも同じところに引っかかっていて抜け道がわからない。

「ユリイカ」2010年7月号

何か持ってる、かわいらしさ

やっぱり、女の人は一生でも半生でもかけてすることを何か持ってて欲しいですね。それを持っていることこそ、かわいらしさみたいな気がするの。

『ほのかに白粉の匂い』

どんな仕事したって

だって、どんな仕事したって、健康で、やる気ある女なら、どこへもぐりこんでも口を糊《のり》することぐらいはできるんだから。

『苺をつぶしながら』

ヨイショするのもしごとのうち

世の中へ出たら、ヨイショするのも人間のしごとのうちだよ。なんたって、ヨイショしたげるとその人も自信つくし、まわりも華やかになって、人生、景気がいいもん。

（お世辞の一つもいえない人は大成しないぞ。ヨイショすることで自分も大きくなるんだよ）

『夢の櫂こぎ　どんぶらこ』

ワルクチも生きるよろこび

ワルクチもたのしい社交の一つでねえ。ホメてばかりではこの世の中、成り立たない。

〝あの人、こんな欠点があるわね〟〝そっ。あんたも気がついてた？〟〝そうなんヨー〟〝あれには弱るわ〟

なんてワルクチの大合唱も、実をいうと生きるよろこび、というところがある、そういうことから各自の批判力も人間洞察力もみがかれる、というものだし、なあ……。

『夢の櫂こぎ　どんぶらこ』

ツトメ人とショウバイ人

大阪では、ツトメ人とショウバイ人とは別の人種、ということになっている。これは職業上の区別でなく、性格上の分類なのである。だから自家営業の商売人でも、ほんとの商売人でない人もある。サラリーマンでも商売人といわれる人もある。つまり性格上のツトメ人というのは、ゆうずうきかず四角四面《スクエア》で、理屈の多い、几帳面《きちょうめん》すぎる人、ショウバイ人といわれる性格は、円転滑脱で、伸縮がきき、話がわかり、茶目っけがあり、そのくせ、いつのまにか言い分を通すというような、老巧なかけひきの人間関係を得意とする、そんな感じのものである。

『言い寄る』

時間なんて

時間なんて、どないでも出てくるんです。できないと言い訳するのは、自分がそれをしたくないからではないかしら。

『婦人公論』2011年7月号

要らざる摩擦をよけるチエ

人間の世は究極のところ人間の情《じょう》で成り立つ。情はナマ身のふれあいから生まれるのである。「武士のなさけ」や情は要《い》らざる摩擦をよけるチエ、冷たい社会のきまりごとに温かい血を通わすすべなのである。

『愛を謳う』

一に愛嬌、二に理屈、やデ

〈いい？　〃一に愛嬌、二に理屈、三・四がなくてご陽気に〃なんていうトコかな。平生から胡麻擂《ごます》ったり、砂糖、ねぶらしたり、しとかな、あかんけど。時には、〃係長、今日のネクタイ、すてきですね〃とかさ〉

『ひよこのひとりごと』

女の美徳

オトナ度の差

客観視できるかどうかが、オトナ度の差といっていい。（客観視能力の未成熟な人は、悲観的戦況にヒステリー状態になり、泣訴《きゅうそ》する存在があれば泣きつき、なければ一人できりきり舞いして自滅するだろう）

『ひよこのひとりごと』

女の美徳

ブリジッド・バルドーは、

「気まぐれと矛盾こそ女の美徳だわ」

といっている。


『苺をつぶしながら』

女は、自分で自分を作る

三十歳をすぎると、女はもう、自分で自分を作る。それにいろんな男が投影し、さまざまに影響を与え、女はつくりあげられる。三十歳すぎてなお、自分の嗜好やイメージが空白で、生まれたまんまに生きてるような女は、すでに男持ちなら知らず、独り者の女としたら、何かが欠落した人間である。

『窓を開けますか?』

無邪気だけでは生きてゆけない

オトナは無邪気だけでは生きてゆけない。ことに女は。

『言い寄る』

あたしってこんなに美人だった？

お化粧は自分自身との対話である。顔色から今日の健康の状態もわかる。もし昨日、不快なことがあっても、一夜ねむれば、人間というものは復原力が強いから、イキイキと再生する。

肉体・精神の不調で再生が難しい人は、自己暗示をかけて下さい。自分で鏡を見て（なんて、美しい）とか（かッわゆい！）と思って下さい。これは王朝の昔からで、清少納言は『枕草子』の中で「心ときめきするもの」の一つに、

「唐鏡《からかがみ》の少しくらき見たる」

をあげている。舶来の上等の鏡だけど、少し曇りがきている。そこに映る自分の顔は、欠点がかくれ、（あたしってこんなに美人だった？）と心ときめくのである。

『なにわの夕なぎ』

精神性の強い作業

化粧水もクリームも、しみじみ、自愛の手つきで使いましょう。お化粧は決して、そそくさと事務的にしてはダメ。また、自分自身との対話だから余人をまじえてはダメ。本来、お化粧をするときは「耳に悪声をきかず」――怒り声や悪口を耳にせず、もちろん自分でも「口に悪言を吐かず」、鏡台には一輪でもいい、花を飾り「目に醜悪《しゅうお》を見ず」「心に悪意を持たず」美しいことだけを思う、精神性の強い作業。

『なにわの夕なぎ』

人前平然化粧派の女

お化粧は、自分を大事にする作業である。個人の〈美しき秘《ひ》めごと〉である。そして自分を護《まも》るもの。しかし公衆の面前で化粧をしては自分を護りにくい。なぜなら、若い子は世間智《せけんち》にうとくて無智だから、そのへんの機微を知らないが、人前平然化粧派の女にこそがれる、周囲の悪意のエーテルは、当今いわれる紫外線よりも毒性が強い。

『なにわの夕なぎ』

女はかしこく、立ち廻らなけりゃならないな

女は男より、ずうっとかしこくてこそ、釣合がとれるんだな。バカな女はバカな男より始末がわるいんだな。

たとえば男というものは石コロだ。女は高価な生肉だ。笑う生肉だ。すぐ腐るし、いたみは早い。不公平だが、動かしがたい事実だ。

だから、早く売らなくちゃ、ならないんだ。ウカウカしてると売りものに、ならなくなっちゃう。

そのかわり、いったん結婚したら、こんどは女が石コロになり、雨風にも時間にもビクともしないのだ。

こんどは男が生肉になり、腐ってゆく。そうなるには、女はよほどかしこく、立ち廻らなけりゃならないな。


『窓を開けますか？』

女の幸福

女の幸福は直観的で、野性的にまでエゴだ。

人の評価や判断にたよらない。

女は自分自身、心から幸福と思わなければ、しんの幸福とは思わないものらしい。

〈いや、まあ、ね〉と満足をよそおったり、〈ええかげんなこってすわ〉と得意らしくみせたりする演技はいっさいしない。


『iめぇ〜る』

泣くか笑うか?

泣くか笑うか? どっちにしよう!? これは大問題だ。でも、絶対、笑うべき。

笑って事態を収拾するっていうのはむつかしいけど、あとがやりやすい。その場でワッと泣く、っていうのは、そのときはとてもいい解決策だと思うが、あとの終戦処理をどうするかがむつかしい。

『夢の櫂こぎ どんぶらこ』

泣くから悲しくなってくるのである

泣くというのはとてもうれしい自己陶酔なので、

(見て見て！　泣いてるのよ、あたし！)

という思い入れで泣いていると、いくらでも涙が出てくる。悲しいから泣くのではなく、泣くから悲しくなってくるのである。


『夢の櫂こぎ　どんぶらこ』

女にとって泣くのは

女にとって泣くのは、最高の慰めであり、癒《い》やしであり、時にとっての人生の部品掃除なのだ。

だから泣くこと自体はわるいことではないけれど、相手がいて泣く場合は、諸事情がからんで、始末しにくいことが多い。泣きながら、

(このあと、どうしよう?……)

なんて身の振りかたに困ることもあるし、ねえ。……


『夢の櫂こぎ　どんぶらこ』

意地悪に出会うのも

意地悪に出会うのも必ずしも悪いことばかりではないと考えることもできる。意地悪って、「今に見てろよ」と思わせることでひとの気持ちを強くするところもあったりして、優しい人よりも、いろんな気付きを与えてくれたりするんです――

「ユリイカ」2010年7月

よき歳月にめぐりあう

年齢というものは

歳月もかの人を凋《しぼ》ますことなく
長きならわしもかの人を害《そこな》うことなし

これはクレオパトラをたたえた言葉だけれども、私は年齢というものは、人が任意にえらびとるものだと思っている。会社にいる二十一、二の娘だって、二十四、五の青年だって、ずいぶん萎《しな》びて、こせこせ、ちまちました、どうしようもないすれっからしが多い。これは歳月がはやくも彼らを蝕《むしば》み、長きならわしにすでに害《そこな》われてしまったのである。

『窓を開けますか？』

私の年齢にめぐりあう

歳月はベルトコンベアーみたいに私のそばを流れるが、私は気に入ったときだけ、その歳月をえらびとり、美しいスカーフか、手袋のように身につけたりはずしたりする。もし私が何かの事件を経て――人と別れるとか、会うとか――おとなになったりした場合、私はきっと、その歳月と私の年齢にめぐりあうだろう。

『窓を開けますか？』

花ざかりの三十五

もうこの年なら、——いま、三十五、黄金の三十五、花ざかりの三十五、何でも知ってる（と思ってる）三十五、元気いっぱい、色気ではち切れんばかりの三十五、美味しいものやいい気分がいちばんわかる三十五、すべて人生のいいもの、女に生まれてヨカッタ、ヨカッタ、ヨカッタナー、という三十五、男のいいとこ、男のかわいさ、男のすてきさ、男のりっぱさ、男へのあこがれがようくわかる三十五、なのである、私は。

『苺をつぶしながら』

〃光《こう》彩《さい》陸《りく》離《り》〃という年代

美しいミス・三十代（私の思うに、女人は、どの年代でも美しいけど、特に三十代は気力体力、併せ持ち、社会的識見も固まりはじめ、人間として面白くなりはじめの頃。ギャルといっても通り、レディともいえる、たのしい世代、それを私は〝美しい〟と表現している。〝光彩陸離《こうさいりくり》〟という年代。

『ひよこのひとりごと』

結婚なんて

「――結婚なんて信仰と同じじゃありません?」
「エイヤッと飛びこえて、いっぺんに入信してしまうんですわ。飛びこえられない人は、いつまでもできないわけ。でも、信仰は個人の自由ですから――。入信できないからって責めるのは、まちがいでしょ」

『私的生活』

結婚のむつかしさ

〈縁がない〉

ということをいいますが、縁がなければ結ばれるべきものもほどけてしまうので、結婚のむつかしさはそこにあります。

誰しもが宿命的なめぐりあいをするわけにはいきませんが、でも、そこが人間の面白さで、気持ちの通じあいそうな予感のする人に多少、あうことはあるでしょう。そのとき、条件を優先させるか、予感を優先させるかは、その人の結婚観によるのは無論です。

『iめぇ〜る』

どうでもいいことだ

お金や、すぐうつろう若さの美しさなんか、どうでもいいことだ。

『愛を謳う』

気ィとられてるうちに

吉事《ええこと》凶事《わるいこと》、……これが、人の知らん間ァに、せんぐり（かわるがわる、というような意味である）やってきますやろ。それに、気ィとられてるうちに、人は、年齢《とし》とっていくのや〉。

『そのときはそのとき　楽老抄Ⅳ』

女の人生、チョボチョボかも、よ

〈このトシになって、トータルすると〉と私、〈女の人生、六、七十年もたてば、あんがい、みんな、チョボチョボかも、よ。勝ちも負けもなくてさ〉。

『ひよこのひとりごと』

甘やかな恋ごころ

ゆたかな感じが好き

彼のことを知ろうとワクワクしている自分の、いまの状態が好きである。私は、まだ男を好きになったり、心を乱される、ということができる、そういうゆたかな感じが好きだ。

『言い寄る』

せわしいこと限りない

男と女と、二人並んでいるとすると私の関心は挙げて、もっぱら、
「男」
めがけて集中した。そうして、内心、
（この男は美味しいか、美味しくないか？）
と考え、
（もし言い寄られたら応じるべきか、ことわるべきか？）
などと思いめぐらしたりして、せわしいこと限りない。

『苺をつぶしながら』

ドキドキする感じ

彼を部屋へ入れるのは、向うが押しこんでくるのでなく、私の方が、(連れ込む)という感じである。引っぱりこむ、というか。それがドキドキする感じである。下心というのじゃないけど。

『愛してよろしいですか?』

下着、というのは

思うんだけど、下着、というのはヒトリ者の女、自立自尊をじっくり、とことん、ヒトリで楽しんでる女のもの、それから、たまに男と寝る女のものである。

『苺をつぶしながら』

だんだんと、そうなっちゃった

だんだんと、そうなっちゃった。
恋というものには、私の感じでは、重々しく、いかめしい面はない。非のうちどころのない恋とか、宿命的な悲恋なんて、信じない。

『窓を開けますか？』

しぜんに、いつか、そうなってる

恋になんらかの重々しい意味をくっつけるのは、私はおかしいと思う。誰も、さァ恋をしましょう、なんて手にツバつけて勇み立ったりしない。しぜんに、いつか、そうなってる。

『窓を開けますか?』

電話というのは

電話というのは、切れるところがいい。何とも便利だ。そして切るのも、早いもの勝ち、という、いいところがある。だから私は、早いもの勝ちで切ってやった。

『言い寄る』

合うか、合わへんか

——その味が自分に合うか、合わへんか、だけやから。人間もそうでしょう？　どんなにリッパな人間でも、合わへん奴はキライになるし、合う人は一目で合う。

『愛してよろしいですか？』

そのうち電話する

そのうち電話する、というのは何という便利な言葉であろうか。現代ではそいつが「さよなら」の代用になっている。もう二度と会わない、というときでも使えるし、またぜひ会いたい、というときも。それからもう愛していないときにも、あるいは決して別れたくない、この関係を切らせたくない、けれどもそれをあからさまに言えないで、という切ないときにも。

『窓を開けますか?』

心がわりは責められない

人間の心というものは変るものである。

先のことは分からないものである。心がわり、ということは責められないことかもしれない。

約束というのも、しない方がいいのかもしれない。


『愛してよろしいですか？』

ジタバタするのは、ぶさいくなことである

家庭もちの男と、やくたいもない恋をして自分も人も傷つき、苦しむというのは、あんまり感心したことじゃなく、うまく収拾できる実力があればいいが、実力もないのに、やたら好きになってあとでジタバタするなんて、ぶさいくなことである。

『愛してよろしいですか？』

女のカン

女のカンについて合理的に説明することはむつかしい。しかし、その推測がまちがっていないという、カンも働く。

『九時まで待って』

「気を引き立てて」やってみる

失恋したときのおちこみは、もとへ戻すのが厄介なものの一つであるが、いつまで憤怒の涙にくれていてもしようがない、

（よっこらしょ）

と重い尻をあげ、「気をとり直す」方向に舵をとる、なみなみならぬ精神力が要るが、要するに「魅力」というのは、神の与えてくれた天与のものと、自分の精神力、半々の混合ですからね。

「気をとり直す」ったって、悪い方へとり直しては何にもならない。それに

つけても、たっぷり睡眠をとって、一夜あければ（この、「一夜あければ」という感じが私は好きなんだけど）またあたらしい一ページ、いつまでもすんだことをいってられない、暖いコーヒーでも飲もう、と「気をとり直す」人が好きである。ハンカチを買うとかキーホルダーを新しくするとか、自分で、

「気を引き立てて」

やってみる、そういう精神力をふるいおこしている人は、それがつもりつもると、身近に芳香をもたらしてくる気がされる。

『ほのかに白粉の匂い』

人と人が出会って

人と人が出会って、まったく何も得るものがなかったなんてありえない。何かひとつくらいは拾ってて、それを大事な宝物として人生の袋の中に入れておいたら、そのうちに発酵してきて、あとで、『そうそう、あんなこともあった』って思えるところが人間の幅になるのよ。

『一生、女の子』

人間は日々、流動するもの

「人間は日々、流動するもの。変わることが常態ですから、恋を永遠にと願えば死ぬしかない」

『一生、女の子』

女には潔さがあるはずやから

「でも、起こってしまったことはもとに戻せない。人の気持ちを変えることはできないからね。だから『そんなこともあるわな』と切ってしまったほうがいい。人生はそういうことの連続だし、それで済むようにするのが大人やねん。女には、そういう潔さがあるはずやから」

『一生、女の子』

ハイ・ミス商売を強くたくましく

美しく見えるように生きてゆく

私にいわせれば、自分がいま、どういう風に見られているかという、客観的発想ができないような幼稚人間は、女の独身を通せない。女がひとりで生きてゆく、しかも美しく見えるように生きてゆく、ということは、かなり高い緊張度を維持しなければならないのだ。

『窓を開けますか?』

女のかわいらしさって

女のかわいらしさって、私はむしろ若い娘さんにはないんやないかと思うの。若いだけに、甘さってのがなく、よく言われるチャッカリしたところばかりで。私は女の人の良さとは、ある種の抜けたところにあると思っているので、抜けてない人、チャッカリした人というのは、ちょっと淋しい感じねえ。しっかりしているように見えるハイミスが、意外とヘンなところで抜けてたりするのを見ると、とてもかわいらしく思えますね。

『ほのかに白粉の匂い』

自分で自分を守らなきゃ

一人立ちしているハイ・ミスの女は自分で自分を守らなきゃ誰も守ってくれないんだもの。そして、損得に敏感でないと、してやられてばかりいるのだもの。

『愛してよろしいですか?』

一人で生きてることのすばらしさ

なんたってこの、一人暮らしということ。

ほんとうにこの頃になってやっと、つくづく、一人で生きていけることのすばらしさを痛感する。

今朝みたいに真ッ青《まさお》な夏空に、窓の向うの大阪城公園の緑が見えると、この景観をひとりじめしてることの嬉しさに目の前が暗くなるほどである。昔は、悲しいとき、いやなときに目の前が暗くなったものだが、今は嬉しいと息が詰って目の前が暗くなるのである。おまけにその大きなちがいは、昔の悲しいときの、目の前の暗くなりかたは、そのまま暗くなりっぱなしであったが、いまは、一瞬暗くなって次の瞬間、前より明るくなるのである。

『苺をつぶしながら』

叫んだほうがトクなのだ

私の思うに、世の中は、

（アタシ、こうしたいの！　こうさせてぇ！　絶対、こうでなきゃいやなの、わかってぇ！）

と叫んだほうがトクなのだ。ＯＬ生活、おんな生活を十年つづけてやっとわかった。

（どっちでもかまいません。ほんとはそうじゃなかったんだけど、ま、いいですわ）

なんていってたら、もう永久にダメ、世間はこっちの気を察してくれる、なんてことは全くないのである。

『ベッドの思惑』

心弱くてはかなわぬものである

ハイ・ミスというもの、心弱くてはかなわぬものである。じつに生き難い。あんまりお人よしだと若い子になめられるし、キッとしてると欲求不満だ、ヒステリーだとうるさい。愛想よくすると色キチガイといわれ、男ぎらいを押し出すと、もてないから、と同情される。

『窓を開けますか？』

人間的魅力とは

ハイミスの娘は、結局、その娘でないと言えない言葉をポロッとこぼすわけね。そんなとき私は、これはとてもいい娘やな、人間的魅力があるなと思うのね。それは何も仕事をしてるからじゃなく、ものを考える力があるからなんで、普通のお嬢さんでも、ものを考える訓練をすれば、とてもかわいらしくなったり、すてきになったりするのね。結局、男でも女でも人間的魅力とは、その人でないと言えない言葉を持つことではないかしらねえ。

『ほのかに白粉の匂い』

バカではつとまらぬ

バカではハイ・ミスはつとまらぬ。

『窓を開けますか？』

人間の幸福の極致

苺をつぶしながら、私、考えてる。
こんなに幸福でいいのかなあ、って。
一人ぐらしなんて、人間の幸福の極致じゃないのか？

『苺をつぶしながら』

人間的魅力

人間の宝石

人を楽しませるおしゃべりができる人は、とてもすばらしい美人なのだ。
人間の宝石なのだ。

『ほのかに白粉の匂い』

いい表情

「いい表情」というのは、子供のときだけでなく、女ざかりになっても（男ざかりもむろん）あるし、老人になっても残る。これは生れつきもあるけれど、ダンダンに、いいほうに変ってくることもでき、楽しみである。

ふてくされるとか、ひがんで拗ねるとか、憎んでいたり、いつも何かに腹立てていたりすると、これはどうしようもなく表情に出るので、大本の基礎は、その人の人生観による。

人は人生観に比例した表情にならざるをえない。そして、どういう表情を、いい表情とみるかによっても、その人の全人格が露呈されてしまう。

『ほのかに白粉の匂い』

自分はこうしたいんだ！

私は
（自分はこうしたいんだ！　こうさせてくれえ！　こうでなきゃいやなんだ、わかってくれえ！）
という人間が、男も女も好きなのだ。どっちでもいいわ、という人間がきらいになった。

『ベッドの思惑』

女からも慕われる美人

べつに気の利いたいいまわしや、むつかしい言葉を指すのではなく、ごく平凡なありふれたコトバを、適時、適所に思い出して——それも、そのときの自分の気持にいちばんピッタリするのを使う、話題のひろいのも結構だが、自分の本心にピッタリくるコトバを選択して使えるようになれば、平凡な話題でも、とたんにイキイキするものである。

そういうとき、美人にみえない人があろうか。そういう美人は、男だけが好きになるのでなく、女からも慕われるのである。

『ほのかに白粉の匂い』

気をとり直す才能

魅力にもいろいろあり、どんなのを魅力と思うかは、人それぞれであるが、
私の場合、

「おちこんだとき、気をとり直す才能」

をあげたい。

おちこむ、滅入《めい》る、そういうとき、人にグチをいっても、ヤケ酒を飲んでもしようがないのであって、自分がおちこんだときは、自分で這い上がるべきである。

（ようし、まあ、今夜は早く寝ちゃおう）

と「気をとり直して」早寝するがよい。

若い人は宵っぱりの朝寝ときまったものだが、夜なか一人でおちこんでると、ロクなことがない。


『ほのかに白粉の匂い』

女の子の美しさ

「気を取り直し」た方が、翌日の気分がいい。——そういう精神力がきたえられていると、私は、その女の子の身のまわりに、イキイキした、気分のたかぶった、美しい緊張のエーテルが、魅力となってただよう気がされる。

つまり、若い女の子の美しさ、というものは「精神の腕力」というものにもあるのではないかと、この頃、私は思っている。

『ほのかに白粉の匂い』

お酒を苛《いじ》めないように

若いときはお酒とのつきあい方を知らないが、殊に女性は少しずつ、人生をゆたかにするための一つの要素としてうまくつきあうことを知れば――と私は願う。お酒には心があり、心ない飲みかたをすれば、お酒は悲しむ。お料理をおいしくするために、容色を増すために、座にいる人々との親和をたかめるために、お酒を飲む。お酒を尊むべく愛すべきもの、という、この一ばん根柢《こんてい》のところの、お酒とのつきあいかたが、あまり教えられずに来たのが、女の人の不幸ではないかと私は思う。お酒を苛《いじ》めないようにして下さい。

『星を撒く』

挫折感が人間の魅力になる

どんなにきれいに拵《こしら》えていても、学校出たてのお嬢さんには、まだ挫折感がありませんからね。折れて曲がって、あるときハタと迷って、どうしようと困ることが、人間の魅力になるんだけれど、若い人はすぐ逃げてしまう。逃げたらだめですね。もうそれしか仕方がない、自分で乗り越える力をつけるしかしようがないんですけれどね。

『ほのかに白粉の匂い』

〈いいトシ〉のひと

でも〈いいトシ〉のひとって滋味《じみ》があってすてきだ。

『なにわの夕なぎ』

つらいときのクスリ

あの格言はマチガイだっ。

いまにして、つくづく思うのは、

「天は自ら助くるものを助く」

という示唆への深い懐疑である。——実をいうと、かねてからかすかな疑問を感じていたのだ。自らを助けんとして必死に戦い抜いても、浮かびあがることは容易でない。計画、人生的つまずき、「自ら助くる」にも限界がある。かくて私は、人生の終りに及んで、やっと会得《えとく》したのだ。そッか！　あの格言はマチガイだっ。

「天は自ら助くるものを叩く」

転覆しかけた舟を、やっとこさ、たて直すと、また叩かれて海へ投げ出され、あっぷあっぷする、「天」が面白がって、ちょっかいをかけている悪意が感じられる。そうなればこっちも腹が据わり、〈ようし！〉と勇み立つ。

結局、それが助けられることかもしれないが。……

『そのときはそのとき　楽老抄Ⅳ』

そこまで責任とってられるか！

人生をわたるということは中々たいへんなことで、思い通りにいかないことも多く、自分に責任のあるようなないような、よくわからないことでも、自分のせいにされて、指弾《しだん》中傷されることもある。そういうとき落ちこんではいけない。中年女、あるいは初老女の沽券《こけん》にかかわる。人生で弱みのないやつなんか、いるもんか、あってなにが悪かろう。そこまで責任とってられるか！

〈いや、あれについては、ですね。いやもう、ホント、どうしようもなくて、……いやァ、困っちゃうんですよねえ……〉

と、うそぶいていればよい。

『愛を謳う』

神さまからの最高のお恵み

別離のショックも悲しみも、忘れはしないけど、薄れていく。「わすれる」のと「うすれる」のは、一字違いで大違いです。人間は自然に任せるのが一番いいんやね。時間というものが、神さまからの最高のお恵みなのかもしれません。

『一生、女の子』

人生は孤《こ》立《りつ》無《む》援《えん》の戦い

本来、人生は、孤《こ》立《りつ》無《む》援《えん》で戦わねばならぬときが多い。そういうとき、ふと、何かの示唆を与えられる言葉が——それは書物《ほん》であれ、現実人生の知人の暗示であれ、何か、ささやかれると、それが突破口になるときもある。
あはあはと笑いつつ、ふと、あともどりしてページを繰り、あっと思う示唆にめぐりあうときもあるかもしれない。

『上機嫌な言葉366日』

なるべく自分に刺激を与えて

幸せなことに、私はこれまで、本や物語からたくさんの慰めと励ましを受けることができました。

本でも映画でもお芝居でもいいから、なるべく自分に刺激を与えて、好奇心をいっぱいいっぱい持っておくこと。そして、人に対する関心を失わないこと。そういう場面でもらったたくさんの言葉が、書く原動力になりました。

『一生、女の子』

人生における〝歯〟

「とにかく、若いときは何でも食べて、歯が丈夫じゃないとあかんね。
そう。何でも自分のもんにしてみせるという、人生における〝歯〟よ。
『私を泣かせよう、困らせようと思ったってダメよ。私は歯が丈夫だから、
何でも嚙み砕いたるわ』という具合に」

『一生、女の子』

〝苦労〟が聞いたら　怒りよるやろ

その頃の、「よいことばかりあるように日記」には、

「いささかは　苦労してますと　いいたいが
　〝苦労〟が聞いたら　怒りよるやろ」

なんてのもあり、自分で書いてるうちに笑ってしまった。人生の〝苦労〟の底は深く、果しもない。私みたいな苦労ぐらい、誰でもしている、と、〝苦労〟は怒るかもしれない。

『ひよこのひとりごと』

一人でわが身を笑って、それきり。

わが身の悲観的状況を把握したとき、人は〈ごくろはん〉とわれとわが身をねぎらう。〈けっこう、バタバタしとンのに、あんまり成果もあがらず、かというて、人から、認められたり、いたわってもろたこともなく……〉なんて、現実の状況を、的確に把握する。

〈そんなら、人生ええかげんに、ちゃらんぽらんですますか〉というと、生れついてのマジメ人間で、そうもいかず、〈難儀やなあ……〉と思えば、あ

まりのあほらしさに、つい、
〈笑えてくる……〉
というものではあるまいか。そういうとき、
〈ま、ええやないか〉
と、あおる一ぱいのビール、あるいは下戸《げこ》ならば、チョコレート一片、口にふくんで、〈あほらしや、、、、の鐘が鳴るワ、というトコやな〉——一人でわが身を笑って、それきり。〈気をとり直す〉というのも、中年以後の人間には、あらまほしき、才能の一つである。

『ひよこのひとりごと』

死というのは

そもそも死というのは、本人より周囲のものなのである。
本人は天の声に呼ばれて、ヒョイと去ってしまう。あるいは消えてしまう。（夭折《ようせつ》、横死《おうし》
本人は〈やるだけのことはやりました〉とハレバレしている。
で鬼籍《きせき》に入った人も、その瞬間はじたばたするだろうが、やがて宿命《しゅくめい》を知り
悟入《ごにゅう》するであろう）
こまるのはあとへ残る人である。空虚感や悲哀をどうまぎらせたらいいの
か。あとへ残る者こそ、じたばたする。それをいささかでも慰め、糊塗《こと》する
ために葬式はある。

『愛を謳う』

死に臨んでの心構え

死に臨んでの心構えなどあるはずもない、というのは、私は本来、あまり、ごじゃごじゃと言挙《ことあ》げするのはキライなので、天来の声が、〈よし、そこまで〉と聞こえると（きっと、聞こえるだろうと思う）素直に、〈ハイ〉といいそうな気がする。

人は死にぎわに生涯の事跡がさっとパノラマのように意識にのぼるというけれど、私はそれを見ても格別の感慨もないにちがいない。

（いや、お疲れさん）

とわれとわが身をシミジミ、思うにちがいない。それだけだろう。

『愛を謳う』

無意識にその人らしさが出る

天災や人災、または大きな哀しみが降りかかってきて落ち込んでいるときに、「ああだ、こうだ」と言っても響くものではありません。結局、どうするかはその人の心の中にしかないんです。ボロボロになった穴を自分で埋め立てていくことで、やがて足元が固まっていきますから。きっとその上に〝よきもの〟が繋がっていくんじゃないかしら。転機には、無意識に積み重ねてきたその人らしさ、「個性」が出るような気がします。

「婦人公論」2011年7月号

ええときもあれば、悪いときもある

まあ、人間、ええときもあれば悪いときもあります。

「婦人公論」2011年7月号

幾山河を経て

幾山河を経て私は、いまがいちばんいい。

『苺をつぶしながら』

「この道、ぬけられます」の看板

「この道、ぬけられます」

行き詰まっているように思えるときでも、よーく見渡せば「この道、ぬけられます」の看板がいたるところにあるものなの。その看板に出合うまで、迷い道に入ったり、大回りしたりするかもしれないけれど、必ず「ぬけ道」はありますよ。それまでは、〝だましだまし〟自分をあしらって、やっていくことね。いつでもボチボチいきましょう。

「婦人公論」2011年7月号

「もうアカン、お手上げや」

自分自身がせっぱ詰まって「もうアカン。お手上げや」と思うことがあったら？　そういうときは、「そや、お昼でも食べよ」と声に出して言うてみたらよろしい。実際にお腹が満たされたら、「あんなに心配したん何やったんやろ。アホらし」ということもありますよ。

「婦人公論」２０１１年７月号

次の電車に「乗り換え」たっていい

つらいことがあったり、気力、体力で頑張れなくなったりしたら、無理をせず、いままでのペースをやめて、次の電車に「乗り換え」たっていいんですよ。

「婦人公論」２０１１年7月号

ほんとうに大変な場で生きている人は

弱音を吐き出せる相手がいるというのはありがたい。もっとも、それが出るのはまだ甘い環境にいるからで、ほんとうに大変な場で生きている人は、弱音や愚痴を出している暇も心の余裕もない。

「婦人公論」2011年7月号

「もうちょっとがんばってみよ」

やれへんと思ったらできない。無理かなあと思っても、「もうちょっとがんばってみよ」と〝だましだまし〟、自分をすかしたりなだめたりしながらやってきましたねぇ。

「婦人公論」2011年7月号

男も女も敏感でないといけません

男も女も、これを言ったら人を傷つけるということに敏感でないといけません。人を傷つける言葉とか、ものの考え方とかが自分と同じような相手でなければ続きませんよ。相手の気持ちを見抜けないというのは、人間として最低なんです。

「婦人公論」２０１１年７月号

ハラワタが煮えくり返る思いをした人は

ほんとうのところ、何度も誤魔化され、怖い思いをしてこそ、人間はお腹が固まってくるのよ。ハラワタが煮えくり返る思いをした人は「こういう言い方されたら人はつらい」と知っているから、余計なことは言いません。だけど、「これは言うとアカン」というのがきっちりあってこその大人ですよ。

「婦人公論」2011年7月号

年寄りのいうことはみな真実《ほんま》

昔の年寄りのいうことはみな真実《ほんま》、おろそかに思ってはいけない、毎日を無事に過ごすということは、実は大変なこと。それに気をとられてると、一日一日のたつのが早い。人の暮しは、毎日同じようでも、思いがけぬことが起る。吉《え》えことにせよ、凶《わる》いことにせよ、突然、前ぶれなしに起る。〈人は誰も、神サンやないから、前以《まえもっ》て何が起るかわからへん、突然の災難、どこから湧《わ》いて来るやら。……年まわりが悪い、とあきらめな、あかん年もあり……〉

『そのときはそのとき　楽老抄Ⅳ』

気持ちは人に移るもの

誰かが困っているとき、周囲の人たちにできるのは、たとえば押し黙っていた人が口を開きかけたら、傍にいてじっくり話を聞いて差し上げることなんだと思います。何も言わなくても、気持ちは人に移るもの。それは、「心の匂い」だから。落ち込んでいるとき、「この人、私のことを心配してくれているんだわ」とわかるだけで、ものすごく慰めになります。

「婦人公論」２０１１年７月号

人生の荷を軽くしてゆく

〈人生の目的って、一つずつ、荷を軽くしてゆくことかもしれない〉なんて思う。人生の出発時点では重いリュックを神サマに背負わされ、もう負えません、と悲鳴をあげると、〈アホか、ゴールまでいかなしょうないやんけ！〉と神サマにお尻《しり》を叩かれるが、（なぜか神サマは大阪弁である）ありがたいことに先にいくに従い、一つずつ荷を落としていける。才能や出世欲や美貌《びぼう》のお荷物を。……（もちろん最後まで重荷を背負いつづける人もいるけど）

愛するものとの別れも、人生の荷を軽くすることなのかもしれない。

『夢の櫂こぎ　どんぶらこ』

すぎしことみな佳《よ》し

〈すんだことはみな、良《よ》いのよ！　すんだことはみな善《よ》かったの！　吉《よ》くなっちゃうの、佳《よ》いことにかわるの！　いい？　すんでしまうとみな、よいことにかわるって、これからはそう思いなさい〉

すぎしことみな佳《よ》し。そう思わなきゃ、つらいこの世の中、生きていかれるかい。

『夢の櫂こぎ　どんぶらこ』

夫婦の呼吸

二人で最良の味方になりあうこと

男と女が、より自然に、よりたのしく人間らしく生きようとするなら、やっぱり二人で最良の味方になりあうこと、叱られるとき、非難されるとき、二人で支えあう、二人で耐え合うことだと思う。そういうとき、

（やっぱり結婚してよかった）

としみじみ思ったり、するであろう。


『ほのかに白粉の匂い』

二人暮しというのは

私も朝からかまされたらムーとする。ムー足すムーではなく、ムー・カケル・ムー、ムーの自乗くらい気分が険悪になってくる。二人暮しというのは逃げ場がなく、ムーとなったときに、すぐに緊迫してしまう。

『窓を開けますか?』

男は女に釣られる

〈男は女に釣られる〉（これは私の考えたアフォリズムの一つ）ものゆえ、私が〈！、又は、ッ〉のつく語調でものいうと、つい夫も釣られて〈ッ〉がついてしまう。

『なにわの夕なぎ』

男と女が共棲みするときは

男と女が共棲みするときは、　とことん渡り合うことは避けねばならない。

『九時まで待って』

いちばんの夫婦の要諦《ようてい》

話が弾む、というのは、やっぱり、いちばんの夫婦の要諦《ようてい》、ではないかと思う。

『そのときはそのとき　楽老抄Ⅳ』

ソコもあるなあ

夫と妻の緊張関係は、二国間の外交と同じで、どうにかして緊張を排除する、ということになるのだろう。

妻の主張に、夫が、一応、

〈ソコもあるなあ……〉

といってくれれば、妻は主張が認められたと思うこともできる（ソコもある、といいつつ、訊《き》いてくれないこともあろうが）。

私も夫が何かを主張したとき、心底は、どうかと反対しつつ、口では、

〈ソコもあるわね〉

と一応、譲歩することにした。私がいつもそういうから、我が家はうまくいっていると思っていた。

『そのときはそのとき　楽老抄Ⅳ』

〈男の面子《メンツ》〉

私はまた、中年に至って結婚したので（三十八歳）、中年男の生活及び、思想・感懐が物珍しく、かつ、共感、同情を禁じ得なかった。女の人生も大変だが、男が人生を相《あい》わたるのも至難のわざなのだ。しかも女になくて男にあるもの、それは〈男の面子《メンツ》〉である。顔がつぶれる、沽券《こけん》にかかわる、などと男はいい（大阪弁では〝恰好《かっこ》つかん〟などとも）、つぶれやすい面子を大切にかばって世渡りしている、そこが女から見ると、いじらしくも可哀相でもあった。

『ひよこのひとりごと』

自分で自分をなだめたり

男らは、男の面子のため、苦労しつつ、あるときまた、ひょいと、〈オレ、何してんねん〉とかえりみ、〈ま、適当にやろやないけ〉と自分で自分をなだめたり、している。

『ひよこのひとりごと』

結婚してみなはれ

「あんた結婚してみなはれ、夫婦の仲は駈引でっせ。謀略戦でっせ。外交能力にかかってまんねんデ」

『ベッドの思惑』

結婚前には試運転すべき

結婚というのは精神的にも肉体的にも相性がいいからするものであって、結婚したから相性がよくなるだろう、と希望的観測をするのはよくない。そんなにタカをくくってはいけない、精神はともかく、肉体のほうは正直だから、ゴマカシも言いなだめもできない。そうして肉体も精神の一部、精神も肉体の一部、っていうのが「女」だから、ことに「女」のほうが、結婚前には試運転すべきだと思ってる。

『苺をつぶしながら』

結婚生活とは緊張の連続

結婚生活というのは緊張の連続で、相手を同じコンディションでうけとめ、やさしくしてやるということは、どこかお芝居にならざるを得ない。

『苺をつぶしながら』

夫婦でも

（夫婦でも、お芝居けを出してウマを合せたげる必要はある）

『私的生活』

人間の最高の生活

「朝、目ェさまして、一緒にめし食うて、夜も一緒、なんていうのが人間の最高の生活やぜ」

『私的生活』

子どもをしつけるということ

躾《しつけ》は、独裁主義であるべき

私は子供の躾《しつけ》、というのは独裁主義であるべき、と思う。子供の小さいときは、親はヒットラーにならざるを得ない。頭を押さえつけ、社会や他人と協調することをまず教える。（ユニークな才能は、そのあとから出てくるもんである）小さいときに躾《しつ》けないと手おくれである。

『夢の櫂こぎ　どんぶらこ』

好奇心こそが、何よりの先生

私がそんなに幼いうちから大人の本を読めたのは、昔の本が総ルビだったからなんですね。ふりがなさえ振ってといたら、子どもは記憶力がいいから、漢字を見ただけで覚えてしまうもんです。知らない言葉があったって、前後の文章から意味を推測できますしね。それもすべて読みたい一心から。子どもの中に眠っている能力は、大変なものですよ。

今は「子どもにも分かりやすく」と配慮する時代ですが、かえって能力を発揮させる妨げになってるんやないでしょうか。手取り足取り教えるよりも、天性の好奇心を刺激する方がいい。好奇心こそが、何よりの先生なんです。

『一生、女の子』

大人の理不尽に堪える

ムカシのおとな、というものはずいぶん、理不尽《りふじん》だと子供ごころに思った。子供たちが何か粗相《そそう》をしでかすと、（茶碗を割るとか、墨を畳にこぼすとか）たちまち目から火が出るほど叱《しか》られる。もう生きてるセイがなくなるほど、こっぴどく、どやされる。

それなのに、同じことを自分自身がやると、〈ほい、失敗《しも》た〉かるく、いい捨てるのみ。時にはわが失敗を自分で笑ったりしている。不公平ではないかと子供は不満に堪えないが、子供はヴォキャブラリーが少ない上に、表現力が育っていないから、憤懣《ふんまん》を訴えるすべはない。そうやって大人の理不尽に堪えるのも、大切な社会勉強なのである。

『なにわの夕なぎ』

子供には何だって勉強だ

大人はまた、前言《ぜんげん》をひるがえす名人であり、白を黒といいくるめる奸智《かんち》に長《た》けている。子供がその矛盾《むじゅん》を衝《つ》くと、

〈やかましいっ。子供がなまいきいうなっ。オマエは大体がなまいきじゃっ。ガキンチョのくせに出しゃばるなっ〉

全く見当はずれの怒りかた、声のヴォリュームをあげることで論理的欠陥を埋め合わせようとする。女親だとて同じ。右のセリフが女ことばに置き換えられるだけ。よって子供は、世の不条理を責めるだけでは事態の解決にならないことを学ぶのである。子供には何だって勉強だ。

『なにわの夕なぎ』

ナマの霊《くす》しき力

ことにも〈ナマ〉の力は人間の〈てのひら〉であろう。〈てのひら〉には凄《すご》い霊力《ちから》があり、医療のことを〈手当て〉というのは、太古、人々は医療の方途を持たないとき、近親が心こめて手で擦《さす》るのが唯一の治療法だった、それで治癒することもあった。――という話を少女のとき先生に聞き、みんな、目を輝かせて、ふしぎね、面白いね、といい合って、それっきり忘れてしまったけど、このトシになっては思い出さざるを得ない。ナマの霊《くす》しき力は、現代人にはかなり薄れているだろうけど、なんたって波動というものはある。

『なにわの夕なぎ』

ナマのまごころ、ナマの愛情

ナマのまごころ、ナマの愛情。メールやワープロより、読みにくくても私信は肉筆のほうが。そして究極はそばに来て、肉声を聞かせてくれるほうが、人間の精神を安らげてくれるのだろう。

『なにわの夕なぎ』

（こっち向いてる）と感じられる電波

キカイよりナマ身、モノよりナマの人間。キカイから流れてくる音声、いかに快い音楽、美声の語りかけであろうと、それよりも、ガラガラ声のお父さん、荒っぽい言葉づかいのお母さんのほうがずっといいのは〈情《じょう》〉があるから。

ナマの手ざわり、ナマの息がかかること、赤ちゃんは全身で、肌ぜんぶの雰囲気で感じ取る。それは、

〈みな、こっち向いてる!〉

という感じではなかろうか。ママやパパ、まわりのオトナがみな見てる、という エーテルが赤ちゃんを包む。赤ちゃんなりに、

〈アタシのこと、(あるいはボクのこと) みんな、関心持ってくれてる〉

と満足するのだろう。

いかに精巧なキカイであろうとも、(こっち向いてる) と感じられる電波は出せないからなあ。

『なにわの夕なぎ』

大人のわきまえ　大人の教養

昔、私が自宅の夕食に招待したら、前以《まえもっ》て知らせず、突然、子供を連れてきた人もいた。私はもう一組の相客も合わせ、きっかり人数分を仕出し屋に頼んでいたので、大いに難渋した。これらは子供がワルイのではなく、大人にわきまえがないのであるが、子供と動物は大人の席に出すべきでない。というのは、それらの不協和音が入ると、大人同士の会話が成り立たないからである。もちろん混在できる場合と文化もあるので、そのけじめをつけるのが大人の教養であろう。

『夢の櫂こぎ　どんぶらこ』

中途半端でも悪くはない

〈仕事もし、家庭ももつというのは、中途半端でよくない〉と今まではいわれましたし、女たちもそう信じてきました。しかし中途半端でも悪くはないと思われます。

人生で徹底して追求して、それがきわめられたものがあるでしょうか。人生のすべては、中途半端までしか追いつけません。すべてを完全にやり通すというのは、神の領分です。

『iめぇ〜る』

一日の幸福

再び無事に一同《みんな》の顔が揃ったのを、一日の幸福にしなきゃいけない。幸福って毎日、顔が違うけど、とりあえず〈みんな揃う〉っていうのが条件なんだ。

『夢の櫂こぎ　どんぶらこ』

幸福の秘訣　人生のコツ

幸福はこっそり味わうもの

人生の幸福というのは、（オトナの本音でいえば）
一、手にあう程度の仕事をして、
二、いつも人生コースの五、六番目か、もっと後ろを走っていること。オリンピックのご褒美も、金銀銅と三番目までだもの。なんせ、目立たないのがいい。ビリも目立つ。
三、というのも人に憎まれず、敵を作らず。人に嫉《ねた》まれるほどの幸運をむさぼらないこと。
四、幸福はこっそり味わうもの。家庭を愛し、仕事を大事に思い、そのひそやかな幸福を守るため、薄氷を踏む思いで生きる。
――と、まあ、そういうのが〝幸福の秘訣《ひけつ》〟（オトナの本音による）というものである。――と思っている。

『夢の櫂こぎ　どんぶらこ』

人生の達人というのは

私は、人生の達人、というのは、自分からゴメンとあやまれる人だと思う。

『夢の櫂こぎ　どんぶらこ』

「お目にかかれて満足です」

人間って誰しも毎日誰かにお目にかかっていて、そして誰にお目にかかるのもいいことなんですよ、っていうのが私の考えなんです。何を言われてもなんにも怒らないでニコニコ笑っているような人に出会うのも「お目にかかれて満足です」だし、人に会ってその人にしかられたとしても、それは「いい勉強ができた」ということで、やっぱり「お目にかかれて満足」なんです。人と会うというのは全部これなんですよ。

「ユリイカ」2010年7月号

生きてるとなんぼでも

（ま、生きてるとなんぼでも、先繰《せんぐ》り先繰りに、ええことがあるもんやなあ……）

『姥ときめき』

世はもちつもたれつ

世はもちつもたれつ。

『私的生活』

それが天国・極楽である

私の思うに天国に待っているのは、受付の天使ではなく、（極楽なら菩薩《ぼさつ》さまか）無辺際《むへんざい》の古い過去からのご先祖である気がする。みなニコニコしていられる。あまりたくさんの数で向こうが見えないくらいだ。

（さあ、おはいり。疲れたやろう）とか、（ずいぶん、えらい目ェに遭《お》うてかわいそうに）といたわってくださる。

そのとき、人はふーっと肩の力をぬき、気楽になるだろう。いろいろ娑婆《しゃば》であった苦労を訴えようとすると、

（わかってる、わかってる、こっちでビデオで見てた。ようがんばった、えらいえらい）

といわれるかもしれぬ。それが天国・極楽である。

『夢の櫂こぎ　どんぶらこ』

それが地獄である

地獄へ行った人はどうかというと、やっぱりその人の無辺際に多いご先祖がニコニコと迎えに来てくださり、（ごくろはん）とねぎらってくださる。

（よう来た、よう来た）

悪いことをした人は、さすがに心苦しい。

（いや、実は私、これは黙っていようと思うたんですが、これこれしかじか

の悪事も致しまして……）といいかけると、

（知ってる、しかしそこまでお前は追いつめられたんやから、それは因果というもの、お前の責任やない……）

やさしくご先祖さまに慰められる。娑婆ではそこで、してやったり、と思うところであるが、あの世でそう聞くと、これはいかなこと、後悔のあまり身を責めて人は号泣するかもしれぬ。ああなんであんなことを、……と悔いて返らぬ激しい悔恨の苦しみ。それが地獄である。……

『夢の櫂こぎ　どんぶらこ』

人生に空くじなし

この世の人生にも案外、空くじはないのかもしれない、全くいいことはなかった、なんて人はないのだろうし。

『夢の櫂こぎ　どんぶらこ』

笑いの中でも

笑いの中でも、自分で自分を笑うっていうのは上等だよ。

『夢の櫂こぎ　どんぶらこ』

ちゃらんぽらんも

ちゃらんぽらんも、ほんとうにそれに徹すると、人生のプロだ。

『楽天少女通ります』

〈愛してる〉より、〈かわいそう〉

ふと思った。〈かわいそう〉と思ってくれる人間を持ってるのが、人間の幸福だって。〈愛してる〉より、〈かわいそう〉のほうが、人間の感情の中で、いちばん巨《おお》きく、重く、貴重だ。

『残花亭日暦』

人生は荘重《そうちょう》になったらあかん

〈人生は〝荘重《そうちょう》〟になったらあかん、と思うわ〉と私はいった。悲壮とか荘重、壮絶、なんて気分は、今日び、ドラマや小説の中だけでいい、と私は思っている。

『なにわの夕なぎ』

人生の結論

〈ま、こんなトコやな〉

人生の結論はすべてそれに尽きる。私も原稿を書きあげて渡すとき、一瞬、もういちど推敲《すいこう》すべきだったか⁉　と悩むが、たいていそれをやると、却《かえ》ってまずくなる経験があるので、内心、(ま、こんなトコやな) で送ってしまう。

『なにわの夕なぎ』

和を以《もっ》て貴しとなす

聖徳太子の「和を以《もっ》て貴しとなす」というお教え、私も大好きです。これは人類永遠の悲願ですね。文明が進歩しすぎた星は、ついにみずからを破壊して消滅してゆく、といいますが、この美しい星・地球がそんなことになりませんように。「和を以て貴しとなす」の大合唱が、家庭から村から町から、国々から、わきあがるといいですね。

まずは、あなたのそのやさしいつぶやきを、お手近のぬいぐるみに。そして愛するひとに。

『夢の櫂こぎ　どんぶらこ』

トシをとるたのしみ

自分の美点を発見する能力

およそ、美容に関してカネを投じるには、ムキになる年代と、ヨタになる年代がある。中年以後はヨタでよい。

「適当」にやるのは、自分の気やすめのためである。

それより、お化粧なり、おしゃれなりが、面白くなればいい、と思う。面白くなるのは、自分の美点を発見する能力が、（若いときより）うんとたかまるからである。

『愛を謳う』

余人の及びがたい魅力

中年（あるいは老年）以後に、自分の顔や容姿の欠点をあれこれと思う人は、それからしてすでに、「お化粧」や「おしゃれ」の本質から見放されてる人である。

中年以後になれば、自分は、

（美《い》いところだらけだ！）

と確信、満足すべきではないか。顔の皺《しわ》、目尻の皺、口辺の皺、首すじのたるみ、顎のたるみ、それらこそ、余人の及びがたい魅力ではないか。魅力を売りこまないで、なんとしよう。

『愛を謳う』

年取って幸せなこと

年取るとだんだんロマンチックになってきて、あらためて男の人の良さに気づくことがありますね。「男の人は違うんだ」「これは女にはできないなぁ」とか。女の目線からでは気づかないことに気づく。これがいちばん、年取って幸せなことやったと思います。

『一生、女の子』

〈人生は長い〉と思え

〈人生は長い〉と思え。笑うこと、楽しいこともいっぱい、あった。六十代づれが、〈人生は短い〉とは、〈笑わせるぜっ！〉

といいたい。

将来《さき》は長い。七十は、もういっぺん、人生のネジを捲くべきときである……。

『ひよこのひとりごと』

人間はトシとるほど

人間はトシとるほど、たのしみが要《い》りますよってな。

『なにわの夕なぎ』

遠いおもんばかりなど、薬にしたくもない

私は無残なばかり、脳テンキな人間であって、遠いおもんばかりなど、薬にしたくもないのである。今日明日、せめて来年一年ぐらいのことしか考えていない。

『そのときはそのとき　楽老抄Ⅳ』

〈他人《ひと》はエライ〉という発見

〈他人《ひと》はエライ〉

という発見。

若い頃は、〈自分こそ〉〈われより上のものやあるべき〉という気負いがある。しかし人の世で揉まれてみれば、自分より上位のものが、ワンサカというではないか。知識、人生的器量、才幹、気立て、処世の知恵、性格的魅力、体力……いやあ、かなわん、というデキブツがごろごろいるのを、発見する。

それがわかるのも、人間、六十にも達すればこそ、と思う。

『ひよこのひとりごと』

〈自分もエライんだ〉

他人はエライが、自分もエライのだ。よく戦ってきたじゃないか。満身創《まんしんそう》痍《い》の身で戦場を馳駆《ちく》し、生き延びた。

〈自分もエライんだ〉

と思わなきゃ、長生きしてる甲斐もないじゃないか。

『ひよこのひとりごと』

そのときはそのときなんだ！

私は飲むと気が大きくなるという、いい癖がある。飲むと、〈……〉や〈――〉はくっつかない。
そして思った。老後も死にざまも、そのときはそのときなんだ！　その夜の酒は旨《うま》かった。

『そのときはそのとき　楽老抄Ⅳ』

七十すぎなければ、オトナではない

私の人生は、当時、〈切ッたはッた〉の状態であった。とにかく時間がなかった。

いまの私なら、それはそれ、これはこれ、で楽しむところであるのに、若いときはゆとりもいとまもあらばこそ、わが人生、〈兵馬《へいば》倥偬《こうそう》〉のまっただ中、舞台劇なんてかったるいもんにつきあってられるかい、という気もあった。——なんという、至らぬ人間であろう。若いときというのは仕様のないものだ。——といっても私はそのとき五十七歳、つくづく思うが、それに加齢すること二十歳の現在（平成十六年）の私、少しは角《かど》も取れて丸くなったであろうか。七十すぎなければ、オトナではないと（私の場合だ）思う、今日この頃の私、という次第。

『われにやさしき人多かりき』

人間が生きていること

人間が生きていること、これこそ、先に亡くなった人への供養でなくてならんであろう。

『われにやさしき人多かりき』

その日その日の出来ごころ

最近、私が書きこんだ、「よいことばかりあるように日記」のメモ歌は、こうである。

「人生は　その日その日の　出来ごころ　そういえる頃　八十がくる」

これ、私の最近の（というのは、いちばん新しい、できたてホヤホヤの）感懐である。

八十は目睫《もくしょう》の間《かん》に迫ったという身での、感懐だ。その日その日の出来心で過ごしたように見えつつ、人間はさかしく、いちばんいい道を歩いてるのかもしれない。

『ひよこのひとりごと』

老いても気持ちをクサらせないコツ

老いても気持ちをクサらせないコツは、楽しいことやうれしいことだけを覚えておくこと。神サンに「こっちへおいで」と言われたとき、楽しい思い出ばかり持っていきたいし。

「婦人公論」2011年7月号

年をとるのも

年をとるのも、いろんな発見が待っていてたのしいことだ。

『ひよこのひとりごと』

古きものは佳《よ》し。永きものは慕わし。

古きものは佳《よ》し。永きものは慕わし。

『なにわの夕なぎ』

上機嫌の才能

人間のあらまほしき人生

人生は生涯かけたお伽話《ロマンス》だもの、結局は。

そして、ラストのきわに、

（ああ、面白かった……）

といって笑えれば、極上の銘酒に酔うような人生であろう。酔生夢死《すいせいむし》、というのは、人間のあらまほしき人生かもしれない。


『上機嫌な言葉366日』

人間の最上の徳は

私は人間の最上の徳は、人に対して上機嫌で接することと思っている。しかしこれは中々にむつかしい。相手の許容能力にもよるし、性格にもよる。上機嫌の登場方法にもよろうし、生育文化の質にもよろう。

『老いてこそ上機嫌』

自分を好きになること

自分の識見、人生観、分別《ふんべつ》、社会に対する批判、人間の見わけかた、——それらに自信がつくはず。すると自分自身に対しても、わが生涯の蓄積に対し、いとおしい思いになる。それが自分を好きになることであろう。

『愛を謳う』

ああ――人生って、ええなあ……

青い空に百日紅《さるすべり》の花のむらがるのを見たとき、

（ああ――人生って、ええなあ……）

と思った。それからまた、お料理をいただくときも、心奪われる。更にいえば、今日のように快晴の秋晴れの休日、昼風呂に入り、バラの匂い入り石鹸を使ってるのも人生のたのしみだし、これはかなり大きい部分を占めており、こういう時間を楽しんでいるときは男は要らんのである。

『ベッドの思惑』

達観、というのは

達観、というのは、心中、〈まあ、こんなトコやな〉とつぶやくことである。

人間は弱いものであるが、それでもまた、まだまだ未開発の優秀な能力を秘めていると私は思う。思うに足るさまざまな兆候をこの世界でも、いくつか見ることができる。愛もユーモアもその兆候の一つであるが、〈達観〉というのも、その中でかなり大きな、そしてすぐれた能力であろう。

『人生は、だましだまし』

死んだらみな

〈最近思うけど、いい人って、みな早く死ぬわねえ。そう思わない？　おっちゃん〉

〈死んだらみな、エエ人になるんじゃっ！〉

『なにわの夕なぎ』

人間って、いくつもキカイを持ってる

そして私は気付いたんだけど、人間って、じつにまあ、いくつもキカイを持ってるもんだ、と思った。

人はそれをようくたしかめもせず、むろん操縦法なんか研究するどころじゃなく、埃《ほこり》をかぶったまんま、うち捨てている。そうして一生、そんなキカイが自分の中にあることも知らず、トシとり、死んでゆく。

でも、いろんなキカイを捜しまわって、

(これはどう使うのか？　ああか？　こうか？)

と押したりついたり、ひっぱったり、して操縦法《つかいかた》を勉強してみるのも、オモロイことのように、私には思われる。


『苺をつぶしながら』

好きなことをするようになってるねん

〈みんな、世の中、好きなことをいい、好きなことをするようになってるねん。――ただし、若いときは自分の好きなことがわかりません。それ、わかるために長生きするんじゃ〉

『夢の櫂こぎ　どんぶらこ』

生きたいように

生きたいように、生きなければ。

『われにやさしき人多かりき』

「上機嫌」って

「上機嫌」って自分のものとしても大事だけど、人のものでも嬉しいし、大事にしてあげたいですよね。誰かに良いことがあって、それを「これがこうなってね、こうなったんよ」なんて、目も鼻もないような喜びようの嬉しそうな顔をして話しているような時は、やっぱり「まあよかった。こんな上機嫌がこの人にもふりかかってきて」って思うんですよ。

「ユリイカ」２０１０年７月号

上機嫌をふりかけて

私は上機嫌というものは、きっと神さまがみんなに公平にふりかけてくださるものだと思いますけど、それでも、特にそういうのが欲しいっていうような時もありますよね。もちろん最初のお話みたいに、そうした、ちょっと落ち込んでいるような状態から自分自身で「そんなにつらいことでもないし。まあいいや」という風にしていけるというのもいいんですけど、やっぱりそういう時こそ、誰かが「上機嫌」をふりかけてあげれば好ましい。

「ユリイカ」２０１０年７月号

心の破れ目を繕ってあげる

「そう言えば、あの人、前にあなたのこと、『いい仕事をするね』なんてポロっと言ってたわよ」とか伝えられたら、落ち込んでた子が「そお？」なんて急に明るく変わってしまって、涙もかすんでしまうということだってあるかも知れない。やっぱりそういうことをするためにこそ人間の言葉というのはあるんですよ。不安定になった人の心の破れ目の端っこと端っこをちょっとひっかけて繕ってあげる。言葉というものは神さまが撒いてくれるオヤツみたいなものなんですよ。

「ユリイカ」2010年7月号

先の取り越し苦労をせず

いまは「毎日がばら色」ですよ。ここまできたら、先の取り越し苦労をせず、元気に楽しく生きることが一番。

「婦人公論」2010年7月号

あるのはいまだけ

あるのはいまだけ。現在の充実だけ、ですよ。

『九時まで待って』

『上機嫌の才能』出典一覧

『愛してよろしいですか?』(集英社文庫)
『iめぇ〜る』(世界文化社)
『愛を謳う』(集英社文庫)
『言い寄る』(講談社文庫)
『苺をつぶしながら』(講談社)
『一生、女の子』(講談社)
『姥ときめき』(新潮文庫)
『老いてこそ上機嫌』(海竜社)
『九時まで待って』(集英社文庫)
『残花亭日暦』(角川文庫)
『私的生活』(講談社文庫)
『上機嫌な言葉　366日』(海竜社)
『人生は、だまし　だまし』(角川文庫)
『そのときはそのとき　楽老抄Ⅳ』(集英社)

『なにわの夕なぎ』（朝日文庫）
『ひよこのひとりごと』（中央公論新社）
「婦人公論」２０１１年7月22日号（中央公論新社）
『ベッドの思惑』（実業之日本社）
『星を撒く』（角川文庫）
『ほのかに白粉の匂い』（講談社文庫）
『窓を開けますか？』（新潮文庫）
『夢の櫂こぎ　どんぶらこ』（集英社文庫）
「ユリイカ」２０１０年7月号（青土社）
『楽天少女通ります』（日本経済新聞社）
『われにやさしき人多かりき』（集英社）

（以上、50音順）

田辺聖子（たなべ・せいこ）

1928年大阪府生まれ。1947年樟蔭女子専門学校国文科卒業。1964年『感傷旅行（センチメンタル・ジャーニイ）』で、第50回芥川賞受賞。1987年『花衣ぬぐやまつわる…』で第26回女流文学賞受賞。『ひねくれ一茶』で1993年第27回吉川英治文学賞、1994年第42回菊池寛賞を受賞。1998年『道頓堀の雨に別れて以来なり』で第50回読売文学賞、第26回泉鏡花文学賞、第3回井原西鶴賞を受賞。その他、1995年に紫綬褒章受賞。2000年には文化功労者となる。2003年『姥ざかり花の旅笠』で第8回蓮如賞受賞。2006年朝日賞、2008年文化勲章、2009年第60回日本放送協会放送文化賞を受賞。直木賞（1987年〜2005年）をはじめ、文学賞の選考委員を長く務めた。50年を超える作家生活では、小説のほか、評伝、古典、エッセイ集など多岐にわたる作品を数多く生み出す。世代を超え、多くの女性ファンに支持されている。

上機嫌の才能

平成二十三年九月二十九日　第一刷発行

著者　田《た》辺《なべ》聖《せい》子《こ》

発行者　下村のぶ子

発行所　株式会社　海竜社
〒一〇四－〇〇四五
東京都中央区築地二の十一の二十六
電話　(〇三)三五四二－九六七一(代表)
振替　〇〇一一〇－九－四四八八六
海竜社ホームページ
http://www.kairyusha.co.jp

印刷・製本所　シナノ印刷株式会社

もし、落丁、乱丁、その他不良な品がありましたら、おとりかえします。
お買い求めの書店か小社へお申しでください。
©2011.Seiko Tanabe Printed in Japan
ISBN978-4-7593-1197-6 C0095

田辺聖子の"上機嫌"シリーズ

上機嫌な言葉 366日

1年366日を
「上機嫌な言葉」とともに。
読めば自然に心がはずむ1冊

1,500円(税込み価格)

田辺聖子の“上機嫌”シリーズ

✤

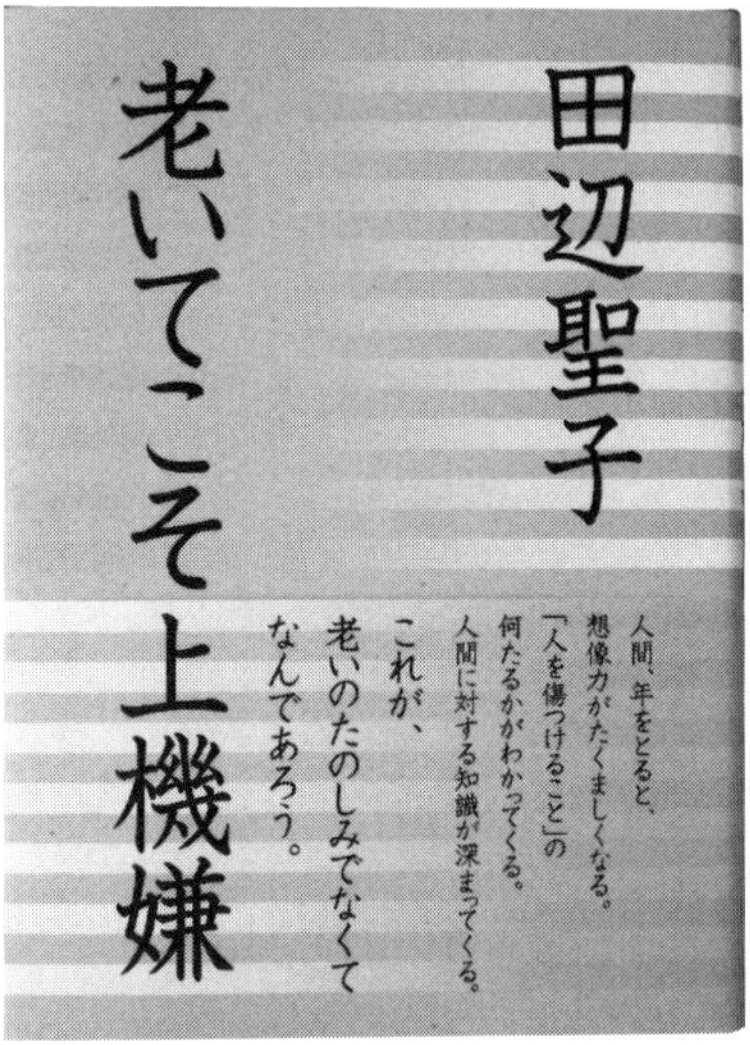
田辺聖子
老いてこそ上機嫌
人間、年をとると、
想像力がたくましくなる。
「人を傷つけること」の
何たるかがわかってくる。
人間に対する知識が深まってくる。
これが、
老いのたのしみでなくて
なんであろう。

老いてこそ上機嫌

老いてこそ、心しなやかに、
はずみ心をもって。
元気がわいてくる本

1,500円（税込み価格）

海竜社のロング・セラー

女の背ぼね
幸・不幸は心の持ちよう。女はスジを一本通して生きたい
佐藤愛子 ☆1500円

五十からでも遅くない
人生の喜びは五十から。あなたに贈る珠玉の訓え。座右の書
瀬戸内寂聴 ☆1575円

幸せの才能
人生を支える基本的で大切なことについての寸言集
曽野綾子 ☆1260円

老年の品格
年輪の余裕、知識、経験を、愛とユーモアで包んで
三浦朱門 ☆1500円

大人の実力
みずから物を考え、悩み、行動する〝真の大人〟の言葉
浅田次郎 ☆1470円

☆は税込み価格